最新家装典范
餐厅主题墙

Canting Zhuti Qiang

《最新家装典范》编写组 编

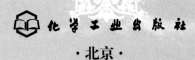

化学工业出版社

·北京·

编写人员名单：

刘礼平　李莲秀　林辉斌　闵江澜　李东辉
何志根　李永龙　许贵萍　郭　佳　叶　翔
夏源金　潘金泉　黄明宇　林　健　黄　金
严盛淼　马　律　李若虎　陈　荣　章　腾

图书在版编目（ＣＩＰ）数据

最新家装典范.餐厅主题墙 /《最新家装典范》编
写组编 .—北京 : 化学工业出版社 , 2012.4
ISBN 978-7-122-13586-5

Ⅰ.最… Ⅱ.最… Ⅲ.餐厅-室内装修-建筑
设计-图集 Ⅳ.TU767-64

中国版本图书馆 CIP 数据核字 (2012) 第 028456 号

责任编辑：林俐　王斌　　　　　　　　　　　　装帧设计：印象设计工作室

出版发行：化学工业出版社(北京市东城区青年湖南街13号　邮政编码100011)
印　　装：北京画中画印刷有限公司
889mm×1194mm　　1/16　　印张 5　　　字数　50　千字　　2012年4月北京第1版第1次印刷

购书咨询：010-64518888 (传真：010-64519686)　　售后服务：010-64518899
网　　址：http://www.cip.com.cn
凡购买本书，如有缺损质量问题，本社销售中心负责调换。

定　　价：29.80元　　　　　　　　　　　　　　　　　　　　　　版权所有　违者必究

餐厅主题墙采用大量镜面材料，达到放大空间的目的。灯光设计也与镜面相呼应，满足业主对照明的独特要求。（设计／刘伟）
1 镜面雕花
2 密度板雕花
3 车边镜面

本案在材质运用及搭配上进行了创新，使得现代家居空间在保持原有的简约风格的基础上亦不失奢华感。空间的装饰能看到古典花纹的影子，使人印象深刻。（设计／李仕鸿）
1 墙纸
2 马赛克
3 丁香米黄石

欧式的奢华、尊贵在空间中彰显得淋漓尽致。设计师在把握功能区域合理划分的基础上，通过硬装和软装的紧密结合，使得整个空间显得雍容华贵。（设计／王桂兵）
1 车边银镜
2 米黄大理石
3 石膏线条

餐厅颠覆惯例，大胆地利用冷色调的窗帘、桌椅，营造出一种端庄、高雅、安然的就餐环境。（设计／王勤俭）
1 方形瓷砖凸出造型
2 镜面玻璃
3 大理石方格纹

▶

餐厅墙上的立体花型图案，为白色的墙添加了层次感；图案花玻璃镜，延伸了空间，而运用的黑色成为了空间的焦点。（设计／邓子豪、曾锦伦）
① 茶镜
② 硅藻泥
③ 实木地板

▲

餐厅内简约时尚的灯具与质朴的柚木家具形成强烈的对比，素白的墙面，干净利落。（设计／张巧慧）
① 白色乳胶漆
② 镜面玻璃
③ 水曲柳饰面刷白

▲

木质横条纹与墙纸搭配的餐厅背景墙面，丰富了空间的视觉感受；艺术挂画及驼色的餐椅，大大提升了空间的品质。（设计／王五平）
① 白色乳胶漆
② 抛光砖
③ 墙纸

◀

古朴的暗色地砖和简洁的墙面组成了这个餐厅。特色造型的灯具活跃了就餐环境，营造了清幽素雅的美感。
（设计／秦岳明）
① 雅士白大理石
② 深色仿古砖
③ 白色乳胶漆

古雅的仿古砖地面配以颜色丰富的文化石墙面、实木餐桌及精致的吊灯，营造出安静平和的生活氛围。（设计／陈维）
① 仿古砖
② 文化石
③ 柚市

镜面、不锈钢及吊灯都极具现代感，白色与绿色的搭配和谐统一，营造了愉悦的就餐环境。（设计／于跃波）
① 微精玻化砖
② 墙纸
③ 镜面玻璃

餐厅上方的冷紫色灯罩与餐桌上那些随处可见的深深浅浅的紫色花朵相呼应，营造出令人轻松愉悦的家的氛围。（设计／吴为）
① 仿古砖
② 有色乳胶漆
③ 艺术吊灯

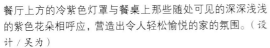

简练的空间线条，黑白色块的彼此往来与暖色之调配，比例和谐的家具，黑白艺术品陈设把空间的主题发挥到极致。（设计／戴勇）
① 灰色镜面
② 玻化砖
③ 有色乳胶漆

东南亚传统特色的圆形木雕与超现实主义的复古座椅相配合，使就餐环境焕发出浓郁的东南亚气息。（设计／邓子豪、曾锦伦）

1 木雕
2 艺术壁纸
3 白色乳胶漆

木制的沙发椅配以颜色艳丽的抱枕、柔软的圆柱枕，创造出东南亚的热情与悠闲风格。从纱布灯罩中散发出来的曼妙灯光，引发人们无限的遐想。
（设计／冯鸣、徐慧平）

1 玻化砖、有色乳胶漆饰面、实木
2 有色乳胶漆饰面
3 实木家具

大面积的镜面延伸了空间的视觉感受，餐桌及餐椅非常自然的材质与绿植协调统一，让主人身处室内也能感受到室外大自然的气息。
（设计／文治国）

1 镜面
2 仿古砖
3 砖墙刷白色漆

餐厅主题墙采用对称式设计，欧式常见的弧形被直角所替代，这样与圆形造型的天花形成鲜明对比，营造独具魅力的欧式空间。（设计／赵千山）

1 黄色乳胶漆
2 罗马帘
3 人造大理石斜拼

餐桌上的餐具、大面积青砖墙体，以及艺术挂画与吊灯均赋予了空间中式的味道。（设计／秦岳明）

1 青砖
2 市地板
3 墙纸

利用天然原木制成的餐桌椅，古朴自然，充满原始的味道；精致的吊灯在抽象的艺术挂画的衬托下为餐厅增添了活力。（设计／利旭恒）

1 原市餐桌椅
2 白色乳胶漆
3 艺术挂画

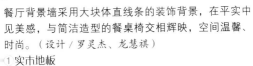

餐厅背景墙采用大块体直线条的装饰背景，在平实中见美感，与简洁造型的餐桌椅交相辉映，空间温馨、时尚。（设计／罗灵杰、龙慧祺）

1 实市地板
2 镜面
3 白色乳胶漆

驼色的餐桌椅配以米黄色大理石的地面，营造优雅的就餐环境。（设计／阎菲）

1 西班牙米黄大理石
2 市线板刷白漆
3 挂饰

素洁的就餐空间，局部点缀鲜艳而明亮的颜色。墙面颜色与家具颜色相呼应，在强烈对比中营造出一种和谐的统一。（设计／陈飞杰）
① 马赛克
② 白色乳胶漆
③ 玻化砖

暗色的仿古砖地板压住了整个餐厅的白色基调，纯白墙面在蓝色吊顶的映衬下，使餐厅拥有了浪漫的气息。（设计／平凸）
① 木作擦色
② 仿古砖
③ 通花

餐厅以精细平直的实木板条做背景，搭配黑白色调的餐桌椅，整个空间和谐素雅。（设计／阎斐）
① 实木地板
② 银镜
③ 橡木板

餐厅丰富的配饰与墙上香艳与性感的玛丽莲·梦露的挂画相得益彰，体现了极高的生活品位。（设计／聂剑平）
① 白色乳胶漆
② 镜面玻璃
③ 挂画

以镜面和密度板雕花为主的背景墙,透过抽象的雕花,构筑出一个具有深度及层次变化的空间。(设计/张燕)

1 玻璃
2 镜面+密度板雕花
3 玻化砖

红色餐椅点缀在以白色调为主的餐厅中,为波澜不京的生活点燃了烈焰般的冲动。(设计/张燕)

1 玻化砖
2 树枝纹挂画
3 壁纸

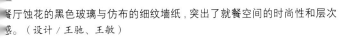

餐厅蚀花的黑色玻璃与仿布的细纹墙纸,突出了就餐空间的时尚性和层次感。(设计/王驰、王敏)

1 黑色玻璃
2 墙纸
3 玻化砖

餐厅的背景墙木饰面的构成造型并藏光,使得空间上更加通透明快,光影相随。(设计/吴苏洋)

1 玻化砖
2 柚市
3 大花白大理石

▲
餐厅的墙面做成银镜，将对面空间的景色映入其中，扩展了视觉上的空间感受。菱形车边也给空间带来些许欧式气息。（设计／吴苏洋）
① 麦哥利市饰面
② 人造大理石
③ 银镜车边

镜面背景开阔了视野，白色的餐椅上简单而古典的几何理，勾勒出高尚的生活品位。（设计／黄志达）
① 镜面
② 米黄石材
③ 有色乳胶漆

▲
餐厅背景没有过多的装饰，艺术挂画的点缀，体现了简洁的美学原则。
（设计／黄志达）
① 墙纸
② 实市地板
③ 艺术挂画

◀
蓝色相间的条纹拉伸了空间高度，同时与白色餐桌椅、罗马柱协调搭配，打造简欧风情。（设计／李宴明、莫文辉）
① 墙纸
② 罗马柱
③ 仿古砖

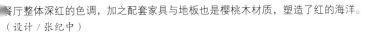

餐厅整体深红的色调，加之配套家具与地板也是樱桃木材质，塑造了红的海洋。
（设计／张纪中）
1 红色乳胶漆
2 实木地板
3 艺术吊灯

餐厅空间红、黑的相融，钛金、砂钢条等更为空间创造一种独有的气势，给人宛如大自然的感觉。（设计／郑成标）
1 砂钢条
2 白色乳胶漆
3 硬包

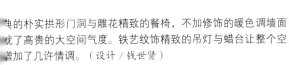

央的朴实拱形门洞与雕花精致的餐椅，不加修饰的暖色调墙面就了高贵的大空间气度。铁艺纹饰精致的吊灯与蜡台让整个空增加了几许情调。（设计／钱世贤）
欠市
方古砖
米黄色乳胶漆

餐厅以深色调为主，配上明式餐桌椅，充分展现出儒家大度的人文气息。
（设计／向凯）
1 米黄色乳胶漆
2 洒红色墙纸
3 镜面玻璃

▶
典雅的家具、精致的灯具，拱形门廊，处处都散发出古典、平和、优雅、含蓄的味道。（设计／吴杨武）
① 实市地板
② 柚市饰面板
③ 仿古砖

精心挑选的餐厅背景墙壁纸配以素色餐桌椅，流露着欧美乡村的气息。（设计／帅海）
① 仿古砖
② 艺术吊灯
③ 特色墙纸

▼
白色是空间的主色调，配以厚木和浅蓝色，营造清爽、简约空间。主题墙的小壁龛是空间的点睛之笔，打破了大面积白色墙面的单调感。（设计／陈禹）
① 橡市搁板
② 白色乳胶漆
③ 实市地板

▶
蜂巢造型的木雕花配以高背餐椅和玻璃，打造出极具特色的餐厅。白色的主色调使空间更加宽敞通透。
（设计／何小龙）
① 黑市雕花＋玻璃
② 白色乳胶漆
③ 实市地板

厅背景墙落地玻璃上那些令人赏心悦目的繁花，令空间立刻鲜活起来。（设计／郦波）

铁艺吊灯
橡市皮雕花
茶镜

餐厅天花板设计了连贯两空间的灯槽及陈设中大自然草皮的元素，给空间增添了丰富性及亲近大自然的感受。（设计／吴政道）
①烤漆玻璃
②镜面
③橡市地板

强烈的黑白对比，空间倍显时尚简约；特色的吊灯成为就餐空间里最耀眼的主角。
（设计／谭精忠）
①实市地板
②白色乳胶漆
③玻璃

墙面和地面统一的色调，使空间整体大气。整齐划一的壁龛活跃了空间气氛，而造型独特的吊灯是空间的点睛之笔。
（设计／谭精忠）
①白色乳胶漆
②实市地板
③黑色市搁板

浅色基调的运用，加上精心配置的餐桌椅与艺术挂画，营造一个温馨的就餐环境。
（设计 / 秦岳明）
① 白橡木
② 珠帘
③ 艺术墙纸

条纹状的餐厅背景造型和顶面造型相互映衬，错落有致。怀旧的餐柜更增添了空间的凝聚力。（设计 / 徐经华）
① 白色乳胶漆
② 木线条刷白漆
③ 仿古砖

浅色墙面的简约和深色木料的厚重沉实让朴实的中式氛围充满整个空间，凸显儒雅的生活品质。（设计 / 秦岳明）
① 樱桃木索色
② 茶镜
③ 仿古砖

餐厅背景墙以木纹大理石贴饰，与同材质的地面协调呼应，整体大气。山水画与餐具均赋予空间中式的味道。（设计 / 刘卫军）
① 木纹大理石
② 柚木
③ 艺术挂画

造型简单的餐桌椅及墙面简洁的线条造型，给人一种沉稳大气的感觉。（设计／陈颖、王志寒）
1 灰色麻石
2 乳胶漆
3 檀市

白色餐桌椅在米色的餐厅显得格外自然清新与恬静。（设计／陈青青）
1 仿占砖
2 石膏角线
3 米色乳胶漆

餐厅背景的通透屏风为简朴的空间带来了沉稳、含蓄、开放、自然而富有中国人文风情的艺术气质。（设计／陈青青）
1 亚光砖
2 柚市擦色
3 雕花

无论是背景墙的挂画还是造型简洁的明式家具，都与整体的中式风格交相辉映。（设计／陈颖、王志寒）
1 金花米黄大理石
2 檀市饰面
3 艺术玻璃

墙上海藻图案的马赛克拼花如同向人们讲述着海底那神秘的世界。（设计／刘卫军）
① 马赛克拼花
② 实市地板
③ 白色乳胶漆

大理石的餐桌台面让原本素色的欧式开放式餐厅变得沉稳、内敛。
（设计／刘卫军）
① 啡网纹大理石
② 实市地板
③ 市造型刷白漆

深色的家具与米色的墙体形成完美的组合，凸显出深远大气的质感，空充盈着儒雅的气息。（设计／林庆华）
① 墙纸
② 柚市染色
③ 西班牙米黄大理石

不加修饰的白色墙面和深色的餐桌椅色彩的反差交相辉映，带才感官的平衡。（设计／陈鸿杰）
① 复古砖
② 壁纸
③ 杉市板

鲜艳热烈的红色装饰物给素雅的
餐厅带来一丝律动般得活力。
（设计／张纪中）
1 软包
2 壁纸
3 人造大理石

整洁的墙面造型、色彩艳丽的装饰画及插花让人
享受大自然的悠闲宁静。（设计／雷明）
1 白色乳胶漆
2 镜面玻璃
3 白橡市条

红色的靠垫为原本素色的空间注入了一种激情，
带来了一份乐趣。（设计／陈禹）
1 仿古砖
2 艺术壁纸
3 白色乳胶漆

纯粹自然的树木图案墙
纸与天然的木纹结合着
不加修饰的白，营造了
一个质朴的空间。
（设计／林元娜）
1 进口复合市地板
2 白色乳胶漆
3 墙纸

凹凸肌理的背景墙面，隐约中透露出中式的气息，黑与白的色彩对比丰富了视觉变化。
（设计／戴勇）
1 细花白云石
2 紫檀市
3 密度板雕花

照片排列的餐厅背景墙面配以暖色系餐桌椅，透露出怀旧、温馨及家的温暖。（设计／朱利）
1 仿古砖
2 水曲柳饰面板
3 白色乳胶漆

镜面背景让视觉空间得以延伸，黑白对比的家具营造温馨高贵的气氛，使空间充满自然与和谐的氛围。
（设计／吴俊彬）
1 进口大理石板
2 抛光砖
3 镜面玻璃

黑与白的色彩搭配给人一种强有力的视觉冲击，大面积的黑色烤漆玻璃给人一种时尚气息。
（设计／黄书恒、欧阳毅）
1 黑镜
2 黑色烤镜
3 市线条刷白漆

白色的实木餐桌配以蓝白条纹的餐椅,彰显自然、随意、安详的生活方式。(设计 / 刘卫军)
1 马赛克
2 实木地板
3 白色乳胶漆

素雅的白色通花屏风和中国红搭配和谐,营造典雅精致的就餐环境。(设计 / 李益中)
1 白色暗纹墙纸
2 白色乳胶漆
3 白色木格屏风

面积的白色中,黑色餐椅的出现表达出一种极端的精致。(设计 / 江浪)
亚光砖
考漆饰面
水曲柳刷白漆

背景的镜面拉伸了视觉空间,大块面的木饰面电视墙,表现出十足的大户风采。(设计 / 林治南)
1 玻化砖
2 镜面
3 木饰面

复古陶砖的地面与大块面原木吊顶打造了一个欧式乡村风情的餐厅。
（设计 / 丁荷芬、冯慧心）
①柚木
②复古陶瓷砖
③松木手染

简单的造型语言,让家沉浸在轻松、舒适的格调之中。（设计 / 郑均）
①抛光砖
②白色乳胶漆
③水曲柳饰面板

带有碎花的餐桌椅在整个白色空间中显得如此的活跃,碎花让生活多了份自在与闲趣。（设计 / 林金华）
①玻化砖
②米黄色乳胶漆
③白色乳胶漆

电脑车花镜面配以皮革软包的背景墙面,体现出奢华浪漫的氛围。
（设计 / 陈广斌）
1 电脑车花镜面
2 白影木饰面
3 艺术壁纸
4 皮革软包

餐厅主题墙面上的墙纸和马赛克式软包在色彩和材质上形成对比，打造了一个典雅的就餐环境。（设计／张纪中）
1 墙纸
2 玻化砖
3 软包

背景墙简洁的线、面相结合，不同材质，深浅色调的对比表现出空间气度及质感。（设计／古文敏、林琳）
1 墙纸
2 红橡市索色
3 抛光砖

镜与实木板的相结合，在不同空间之间搭建神秘的交流与对话，简洁中体验精致与优雅。（设计／古文敏、林琳）
镜面玻璃
橡市
墙纸

爵士白大理石与镜面营造的空间配以造型独特的家具，勾勒出清晰明快的层次关系，营造出和谐优雅的情调空间。（设计／王严民）
1 爵士白大理石
2 玻璃镜面
3 玻化砖

▶
优美的弧线与凹凸的背景加之大幅的油画，打造了一个优雅、舒适、浪漫的欧式餐厅。（设计／段文娟）
1 墙纸
2 仿古砖
3 乳胶漆

▶
白色树枝状木板下映衬的茶镜折射着整个餐厅，满足了从另一个角度窥视全景的乐趣。（设计／彭征、史鸿伟）
1 木造型刷白漆
2 茶镜
3 墙纸

▽
小碎花清新的壁纸在白色餐桌椅的映衬下，使人宛如置身在田园的浪漫气息中。镜面拉伸了餐厅的视觉空间。（设计／张欢）
1 镜面
2 实木地板
3 水晶吊灯

◀
时尚的壁纸、浅暖色的乳胶漆墙面让就餐空间倍显温馨。（设计／陈禹）
1 彩色瓷片
2 镜面
3 米色乳胶漆

红、黑搭配的餐桌椅在白色背景的映衬下，将一股幽幽的小资情调表述的一览无遗。（设计／段文娟）
1 竹地板
2 玻璃
3 白色乳胶漆

色植物在白色凹凸背景墙前显的是如此的生机盎然，式田园风格的餐厅充满着自然气息。（设计／竺李佳）
墙纸
白色乳胶漆
水晶吊灯

积木式的白色搁板整洁、明澈，让人感受到一种莫名的高雅和贵气。（设计／刘威）
1 木造型刷白漆
2 玻化砖
3 壁纸

独特花纹的银白色墙纸，打造了一幅特色墙的浮雕效果，特色吊灯给进餐区增添花园艺术气息。（设计／邓子豪、叶绍雄）
1 特色壁纸
2 玻化砖
3 特色吊灯

▶

中式家具与大幅梅花背景图案交相辉映，演绎一个淡雅、禅意的新东方主义空间。（设计／区伟勤）

1 乳胶漆
2 黑檀市
3 巴黎米黄石

▼

背景墙选用大面积的茶镜，使原本生硬的中式空间不仅具有亲和力，并且令视觉得到延伸。（设计／区伟勤）

1 米黄抛光砖
2 茶镜
3 挂画

▼

简洁造型的软包背景墙以及原木家具都带给我们清新自然的气息。（设计／马劲夫）

1 软包
2 柚市
3 市纹大理石

▶

拱形的窗户造型配以各色花卉，打造了一个舒适的欧式田园的氛围。（设计／段文娟）

1 沙比利市板
2 彩色乳胶漆
3 铁艺吊灯

面的果绿色和白色搭配增加了空间的意味和情调，让
感受到空间的跳跃和灵动。（设计／刘威）
马赛克
绿色乳胶漆
仿古砖

异域风格的拱门、现代的玻璃砖、田园的桌布、简单而色彩浓郁的电视墙，让人感觉春天
就在眼前。（设计／非空）
1 仿古砖
2 绿色乳胶漆
3 玻璃砖

刻浮雕的背景墙，显得整体而大气。圆形的天花造型与圆形餐桌相呼应，透
出传统美好吉祥的寓意。（设计／杜泽佳、祝艳芬）
木浮雕
亚光砖
地毯

暖黄的色调中，白色的餐桌椅和边柜显得如同少女般纯洁。
（设计／陈禹）
1 仿古砖
2 水曲柳饰面刷白
3 米色乳胶漆

▲
餐厅背景墙用壁纸和木板饰面，简洁的铁艺餐桌椅为空间增添时尚韵味。
（设计／郑秋基）
①胡桃市
②壁纸
③仿古砖

▲
简洁的墙面与中式家具相结合，让西式的浪漫、优雅与中式的稳重蓄结合在一起。（设计／林元娜、孙长健）
①实市地板
②红樱桃市面板
③乳胶漆

▲
餐桌上的装饰花为充满田园气息的就餐环境增添了一份灵气和趣味。（设计／张欢）
①镜面玻璃
②实市地板
③水曲柳饰面刷白

▲
白色基调的雪白银狐大理石，搭配着低调的钻雕灰镜，构成和谐与优雅气氛。
（设计／黄庭芝）
①灰镜
②银狐大理石
③铁刀市

开放式的餐厅,咖色与白色的经典搭配,让空间更加清新宜人。(设计/洪茂杰)
1 铁刀市皮
2 白橡市皮
3 油画

墙面的皮革软包造型与餐椅如出一辙,统一的风格令空间井然有序。
(设计/黄庭芝)
1 软包
2 墙纸
3 茶镜

大面积白色中,黑色挂画与餐桌椅的出现表达出一种极端的精致,简约中带着强烈的对比。(设计/陈鸿杰)
1 水曲柳染色
2 复合地板
3 白色乳胶漆

铺板拼接的背景墙,简洁大方;简洁造型的黑白色家具令人有返璞归真的感觉。(设计/郑秋基)
1 淡棕色橡市
2 抛光砖
3 白色乳胶漆

大面积深色调子的通透花格将中式风格的内敛含蓄沉淀下来，茶镜拉伸了整个空间。（设计／区伟勤）
1 市花格
2 镜面
3 玻化砖

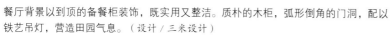

餐厅背景以到顶的备餐柜装饰，既实用又整洁。质朴的木柜，弧形倒角的门洞，配以铁艺吊灯，营造田园气息。（设计／三米设计）
1 实市柜
2 白色乳胶漆
3 仿古砖

满墙的泰柚木配以同色系的家具，重新唤起了人们对心灵的追求。（设计／康华）
1 装饰品
2 泰柚市

墙上大幅的牡丹花挂画与边柜交相辉映，配以餐桌椅及餐具共同确定了餐厅的现代中式风格。（设计／刘威）
1 墙纸
2 复合地板
3 市雕花刷白漆

简洁的背景、浅黄色碎花壁纸、碎花家具共同创造了一个田园式风格的餐厅。
（设计／蒋国兴）
1 仿古砖
2 墙纸
3 市搁板

粹的白色背景镶嵌镜面做装饰，配以现代、时尚的家具作为点缀，
造出一个高贵、优雅、时尚的生活空间。（设计／区伟勤）
白色乳胶漆
镜面雕花
市饰面刷白

艺术墙纸的墙面与木纹大理石地面色调一致，配以白色线板柱、欧式餐桌椅，
构筑典雅大气的餐厅空间。
1 艺术墙纸
2 市纹米黄大理石
3 镜面挂饰

简洁的推拉门成了餐厅背景，推拉门上工笔玉兰花栩栩如生，与中式灯笼相互
映衬、古意盎然。（设计／孙长健）
1 手绘画
2 仿古通体砖
3 白色乳胶漆

▶
大面积花梨木格栅造型透露出中式的味道，
蓝色的坐垫与靠枕让空间更加爽透。
（设计 / 林济民）
① 亚光砖
② 竹制卷帘
③ 花梨市

◀
银灰色的皮质软包以一种传统优雅的气质，细数着今人眼中
的新古典主义风格。（设计 / 张德良、殷崇渊）
① 市线板刷白漆
② 软包
③ 白色乳胶漆

▼
餐厅酒红色壁纸的运用如同红酒的香味蔓延向整个空间，藤
艺的家具让人的心情自然放松。（设计 / 赵明明）
① 石膏角线
② 镜面菱形车边
③ 墙纸

▲
红砖墙面、藤编坐椅、卵石墙面、特色吊灯共同打造了一个自然悠闲的餐厅。
（设计 / 丁荷芬）
① 红砖
② 仿古砖
③ 柚市

素雅的背景墙面上一席传统窗格的
挂件使餐厅散发着中式的味道。
（设计／陈友发）
1 人造大理石
2 中式窗格挂件
3 巾饰面刷白

白色艺术雕刻的墙面整洁素雅，红色的餐具
垫让空间增添了灵气。（设计／宋建文）
1 进口壁纸
2 白色乳胶漆
3 艺术雕刻

餐厅背景是以金箔加上心经的喷砂字体贴在
玻璃上，呈现出一种独特的气息及质感。
（设计／张德良、殷崇渊）
1 艺术玻璃
2 抛光砖
3 墙纸

餐厅的墙面具有展示与收纳的功能，活动式
灰镜，使客厅与餐厅的空间相互映照，产生
绿意借景与空间放大的效果。（设计／谢恩仓）
1 灰镜
2 玻化砖
3 巾作

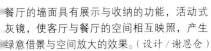

大幅书法挂画装饰餐厅背景墙，透露出中式的味道，米色的餐椅与玻化砖地面色调协调，让空间更加温馨。（设计／林济民）
① 玻化砖
② 书法挂画
③ 柚木

餐厅背景用银箔与染黑木皮的巧妙搭配来铺陈空间的味，透过素材稳重且尊贵的质感来缔造精致的品位生活（设计／谭精忠）
① 橡木染黑木皮
② 秋香木皮
③ 银箔

大面积凹凸造型的白色墙面，表达了主人低调沉稳的个人品位。
（设计／张德良，殷崇渊）
① 人造大理石地面
② 水曲柳饰面刷白
③ 白色乳胶漆

大面积的黑镜背景墙面，在拉伸空间的同时也体现了一种冷调简约的空间感。（设计／吴玟灿）
① 壁纸
② 玻化砖
③ 黑镜

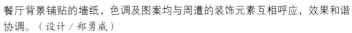

餐厅背景铺贴的墙纸，色调及图案均与周遭的装饰元素互相呼应，效果和谐协调。（设计／郑勇威）
① 玻化砖
② 水曲柳实市
③ 墙纸

镜墙面酝酿了一个醇味空间，让人感觉温馨舒适。（设计／何华武）

黑白挂画
壁纸
明镜

黑镜与柚木的交汇，既使空间产生纵深感，也使空间显得整体、大方。
（设计／李仕鸿）
① 柚市板
② 玻化砖
③ 黑镜

灰镜配以黑色餐桌椅，延伸餐厅视觉空间的同时，体现了主人稳重、内敛的性格。
（设计／邹志雄）
① 灰镜
② 玻化砖
③ 白色乳胶漆

▶ 传统的中式窗格推拉门作为餐厅的背景墙,产生幽古的情怀。(设计 / 林济民)
① 米黄大理石
② 黑金沙大理石
③ 北美胡桃市

▲ 雕花明镜背景墙形成一种独特的视觉效果,平添一种神秘的动感。(设计 / 王严民)
① 雕花明镜
② 钢化玻璃
③ 玻化砖

▲ 没有造型装饰的白色墙面,一幅黑框挂画增添了几分趣。(设计 / 安东)
① 实市地板
② 白色乳胶漆
③ 艺术挂画

▶ 白色背景墙面上,天然树枝和几只栩栩如生的蝴蝶,缔造了一个安逸的环境。(设计 / 周炀)
① 实市地板
② 白色乳胶漆
③ 水晶吊灯

白的墙面传递着柔和、雅致、纯粹的心境，造型现代的桌椅活跃了空间气氛。（设计／王严民）
白色乳胶漆
市线条刷白漆
马赛克

大幅抽象油画，让块面感强烈的餐厅背景墙显得高贵、大方。（设计／孙圣皓）
1 玻化砖
2 市饰面
3 大幅油画

凛冽的黑和决然的白自然结合，融化了原本冷酷的空间，提升空间的品位。
（设计／林茂、巫燕丽）
1 市纹砖
2 线帘
3 中纤板雕花

用木板装饰墙面，让人有种温馨安静的感受，给人一种家的温暖。（设计／陈辉）
1 红橡市
2 金刚板
3 白色乳胶漆

字雕隔断将《陋室铭》的意境带入
室内，描绘着中国传统的自然精神。
（设计／林茂、陈衍铭）
1 镜面玻璃
2 字雕
3 黑檀木饰面

天蓝色的拱窗造型在白色墙面的映衬下，配以原木餐
桌椅给餐厅带来了田园的气息。（设计／熊丹）
1 原木餐桌
2 木造型刷蓝漆
3 乳胶漆

白色墙面上，红色的油画如同跳跃的精灵，活跃了空
间气氛。（设计／王兴）
1 白色乳胶漆
2 艺术挂画
3 玻化砖

活泼明亮的黄色墙面上，蓝色的马
赛克冷峻得如一首诗，如此纯粹。
（设计／张有东）
1 马克赛
2 仿古砖
3 黄色乳胶漆

清亮的镜面模糊了三维空间的界限，呈现了生活的景致，菱形车边处理赋予空间欧式气息。（设计 / 陈稳平）
① 实市地板
② 明镜
③ 白色乳胶漆

凸有致的背景墙面让空间散发出淡淡的儒雅气质。（设计 / 林元娜、孙长健）
亚光砖
婆兰市纹砖
白色乳胶漆

木质格子与镜面为餐厅背景，配以藤椅及绿色的吊灯，共同营造了一个休闲的餐厅。（设计 / 邹志雄）
① 特色吊灯
② 柚市
③ 明镜

灰咖色墙纸为背景，各种饰品能在或柔和或深沉的色调中达到最理想的平衡。（设计 / 李益中）
① 黑檀市实市地板
② 灰咖啡色墙纸
③ 水曲柳饰面刷白

▲
中式花格下一幅栩栩如生的中国画，在灯光的照射下显得如此唯美。
（设计／刘强）
1 中式角饰
2 黑檀市
3 艺术画

▲
茶镜、抛光砖与木纹的搭配，形成了一种质与量的鲜明对比。（设计／胡来顺
1 岚马纹市
2 镜面玻璃
3 玻化砖

▲
南加州特有的门拱倒角形式，配以重
色的家具，犹如得克萨斯热浪，热烈
而富有情趣。（设计／许一峰、谭琅）
1 市搁板擦色处理
2 浮雕地板
3 仿古地砖

▶
凹凸有致的墙面、马赛克拼接的花
卉图案，给空间增添了几分诗意、
几分浪漫。（设计／张欢）
1 马赛克拼图
2 雅士白大理石
3 仿古砖

白色的通花为暖色的空间增添惬意，大幅油画的背景烘托出浓郁的艺术氛围。
（设计／李仕鸿）
①通花
②水曲柳饰面板喷漆
③人造沙安娜米黄石板

不同颜色的烤漆玻璃，让白色的墙面富有层次感觉。（设计／黄鹏霖）
①白色乳胶漆
②烤漆玻璃
③玻化砖

胶合的国画与艺术玻璃构成了餐厅的主背景墙，赋予空间最明亮的视觉。（设计／张馨）
①巾雕花
②艺术玻璃
③染深巾饰面板

带有牡丹花的白色餐桌椅，让简欧的餐厅倍添浪漫的生活情趣。（设计／李伟光）
①青皮
②水曲柳饰面刷白
③壁纸

▼
淡蓝色的磨砂玻璃加上白色的背景，营造简洁明亮的现代餐厅。（设计／萧爱彬）
① 米黄石材
② 磨砂玻璃
③ 镜面

▲
透过餐厅背景精工细作的屏风隔断，旧日的符号元素也
在传达不会被遗忘的经典。（设计／戴勇）
① 市纹大理石
② 白色乳胶漆
③ 黑檀市雕花

▲
黄绿色的壁纸墙面上，四幅抽象画显得如此沉稳，在壁灯灯光映衬下为空间增加了艺术感。
（设计／Cameron Woo）
① 大理石
② 白色乳胶漆
③ 壁纸

▶
用橡木花格构成的云纹为纯白的墙面增加了内涵，使空间更具东方韵味。（设计／萧爱彬）
① 复合市地板
② 白色乳胶漆
③ 橡市

洁白的背景墙面上，通透的设计，衬托出空间的立体关系，留给人更多想象的空间。（设计 / 陈宜）

① 不锈钢条
② 白色乳胶漆
③ 爵士白大理石

白色的展示柜做背景，既实用又与整体相协调。珠帘则给空间带来些许浪漫气息。（设计 / 李伟光）

① 珠帘
② 水曲柳饰面刷白
③ 壁纸

色的墙面砖和白色的墙面构成一个素静、淡雅的就餐环境；大幅抽象画则缓冲大面积白色带的单调感。（设计 / 陈禹）

白蜡市地板
乳胶漆
墙面砖

白色墙面上，以挂画做成表的造型，使整个空间充满现代时尚的气息。（设计 / 南京米兰装饰）

① 乳胶漆
② 挂件
③ 水晶吊灯

▶
天然的木饰面是背景墙的主题，黑金沙石材的
点缀，让空间更加稳重。（设计／杜锦赐）
① 天然集成橡市
② 天然鸡翅市
③ 黑金沙大理石

▲ 餐厅主题墙以大面积的茶镜贴饰，白色木线条斜拼割镜面，营造浪漫、时尚的空间气氛。
（设计／张晓莹、陶清明）
① 茶镜
② 白色市线条
③ 抛光砖

▲ 素色壁纸铺满了整个背景墙面，装饰画的出
为空间平添了几分乐趣。（设计／刘威）
① 壁纸
② 白色乳胶漆
③ 复合市地板

▶ 餐厅主题墙以墙纸贴饰，中间长
形壁龛以黑镜衬底，给餐厅空间
带来时尚气息。（设计／熊学飞）
① 艺术墙纸
② 黑镜
③ 白橡市饰面板

面马赛克与方钢的搭配让餐厅背景墙更加夺目，配上态各异的装饰品和酒，提升了空间的品位。
（设计／品川装饰）

镜面马赛克

金刚板

方钢

暗纹的蓝色镜面为餐厅背景，与深蓝色的餐桌椅相互交融，流露出大都会的时尚魅力。
（设计／陈继耀）

①蓝镜

②玻化砖

③镜面玻璃

磨花灰镜的背景墙面、与木纹在材质上的对比，增添了空间的情趣。
（设计／熊学飞）

1 黑金沙大理石

2 金花米黄大理石

3 灰镜

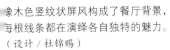

象木色竖纹状屏风构成了餐厅背景，每根线条都在演绎各自独特的魅力。
（设计／杜锦赐）

1 橡市

2 白色乳胶漆

3 玻化砖

▶
绿白相间的壁纸贯穿整个餐厅，给环境带来了灵
动的韵律。黄绿色调，配以错落有致的挂画，温
馨且不失小资情调。（设计／顾泰旗）
① 镜面
② 白色市线条
③ 壁纸

▶
背景墙上暗色墙纸中点缀着镜面，让空间更加开
阔，中间的挂画与整体的欧式风格相协调。
（设计／林煜毅）
① 镜面玻璃
② 白色乳胶漆
③ 墙纸

▼
镜面为餐厅背景，视觉上延伸了餐厅的视觉空间。配上白色的家具，体现了现代休闲的主调。
（设计／王文亚）
① 橡市地板
② 白色乳胶漆
③ 镜面

▼
多色的墙面砖和白色的墙面构一个素静、淡雅的就
环境。白色木搁板既实用，又丰富空间层次变化。
（设计／陈禹）
① 白蜡市地板
② 白色乳胶漆
③ 墙面砖

实木地板和黑色镜面玻璃相辅相成，浩荡填满整个餐厅背景墙，传递了主人的修养和品位。
（设计／萧爱彬）
1 黑色镜面
2 橡市地板
3 白色乳胶漆

干净、整洁的浅蓝背景墙面，大小不一的装饰画为整个就餐空间增添了时尚的因子。（设计／王高丰）
1 挂画
2 复合市地板
3 蓝色乳胶漆

皮质软包做边框的镜面背景墙，营造出典雅、明亮富有清新感觉的室内场景。（设计／王文亚）
1 镜面
2 软包
3 抛光砖

中式通透花格为背景的餐厅，一幅色彩艳丽的油画，打破了宁静的环境，让空间变得活跃起来。
（设计／刘宝达）
1 仿古地砖
2 青砖
3 原市

▶
明亮的黄色背景墙面上一副
油画使空间充满艺术气息，
暖色的墙面让整个空间烘托
出温暖和祥和。
（设计／连君曼）
① 有色乳胶漆
② 油画
③ 仿古砖

▲
通透的中式花格，深色的木质家具都透露出古朴简洁的
设计风格。（设计／连君曼）
① 锈石砖
② 老榆巾
③ 白色乳胶漆

◀
大幅的风景画增添了就餐时的情调，黑色烤漆玻璃桌面
完成了小空间的大视觉。（设计／胡新鹏）
① 风景挂画
② 艺术玻璃
③ 白色乳胶漆

▶
绿白相间的竖条纹壁纸与素
白的肌理墙面共同营造了一
个轻松、典雅的欧式就餐环
境。（设计／顾泰旗）
① 仿古砖
② 白色乳胶漆
③ 壁纸

▼
餐厅采用中式元素的梅花图案为背景，搭配稳重的紫檀木餐桌，组成了一幅温馨典雅的画面。
（设计／王誉）
①紫檀市
②金丝柚市
③绿玉石

厅整体简约风格，背景墙淡粉色墙面，配以白色板与一旁的黑色烤漆形成鲜明的对比。
设计／江浪）
乳胶漆
黑色烤漆玻璃
玻化砖

◄
镜面延伸空间，色彩艳丽的泰国丝绸做成的靠垫、桌垫、艳丽的蝴蝶兰，让空间富有诗意。
（设计／向凯）
①美国白影市
②镜面玻璃
③特色吊灯

色烤漆玻璃墙面与同色系的餐桌椅相呼应，配上和的灯光，给人一种时尚前卫又失温馨的感觉。
设计／章进）
白色乳胶漆
玻化砖
黑色烤漆玻璃

▼
餐椅白与黑的搭配在茶镜的映衬下，以一种阳刚的气质包容整个餐厅。（设计 / 陈禹）
① 茶镜
② 橡市饰面板
③ 玻化砖

▲
以浅色壁纸为背景的墙面上一幅东方水墨画增添空间的韵味，黑白对比的餐桌椅打造出一个极简空间。（设计 / 陈禹）
① 橡市
② 乳胶漆
③ 仿古砖

▲
蓝色的餐桌椅、不同明度的蓝绿色墙面给人以安定感的同时，让人能悄悄融入其中。
（设计 / 段文娟）
① 仿古砖
② 订制市雕花
③ 玻璃马赛克

▲
造型精致的镜子挂在白色的餐厅背景墙上，让人眼前一亮，成为活跃空间的元素。（设计 / 陈禹）
① 橡市实市
② 仿古砖
③ 小瓷片

白色的墙面、浅色的墙纸，让餐厅给人感觉清新淡雅，有一种说不出的惬意。（设计／陈建佑、曾耀征）

1 玻化砖
2 钢化玻璃
3 白色乳胶漆

规则的六边形造型如同蜂巢的符号，将实用、美学与情感相结合。（设计／林志宁、林志锋）

1 利德利幻彩饰面板
2 仿古砖
3 白色乳胶漆

以白色实木线条收边的暗花壁纸，搭配上风景油画，与欧式的餐桌椅在风格上自然地结合在一起。（设计／王帅）

1 仿古砖
2 石膏角线
3 墙纸

淡绿色和白色营造了一个淡雅的空间，让人感觉舒适、温馨。橡木条装饰墙面，既可作搁板，又可作为墙裙。（设计／陈禹）

1 橡市饰面板
2 淡绿色乳胶漆
3 特色钟饰

▲
红色木窗棂格装饰餐厅主题墙，既活跃了空间气氛，又赋予空间中式韵味。（设计／黄伟）
1 中窗棂格
2 市线条横贴
3 墙纸

▲
素色壁纸铺满了整个背景墙面，装饰画的出现为空平添了几分乐趣。（设计／刘威）
1 壁纸
2 挂画

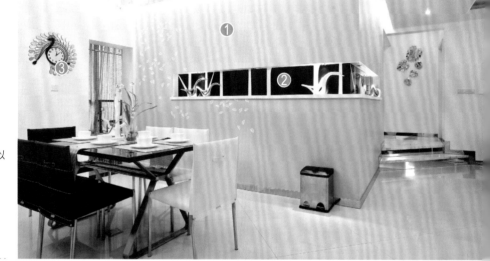

▶
素色墙面点缀白色树叶，"L"形壁龛以黑色烤漆玻璃衬底，配以特色挂钟装饰，整个空间素雅不失时尚。（设计／秦畅）
1 乳胶漆
2 黑色烤漆玻璃
3 特色挂钟

▶
茶镜上饰一连续的图案，是餐厅当仁不让的绝对主角。（设计／李晓俪）
1 茶镜
2 仿古砖
3 艺术墙纸

红橡木做成的半隔断背景墙，让整个空间通透、宽敞，打破了黑白空间的沉闷感。（设计／郭宗翰）
① 爵士白大理石
② 白色乳胶漆
③ 红橡市

空间设计灵感来自迷人的地中海风格。拱形和弧形倒角造型、蓝色布艺、白色墙面，营造清新的空间氛围。
（设计／胡建国）
① 胡桃市染黑色
② 亚光砖
③ 碎拼花瓷砖

印有树叶的黄色壁纸贴在拱门造型的背景墙面上，打造了一个法式田园的餐厅。（设计／非空）
① 仿古砖
② 红砖
③ 黄色壁纸

竟配以暖色壁纸作餐厅背景，不锈钢的装饰画和吊灯以一种另类的美诠释空间里的现代风情。
设计／宋建文）
章纸
黑镜
灵合市地板

不同规则的硬包以一种几何组成的方式
为餐厅背景平添了几分色彩。
（设计／萧爱彬）
①硬包
②玻化砖
③白色乳胶漆

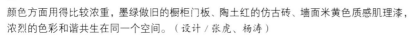

颜色方面用得比较浓重，墨绿做旧的橱柜门板、陶土红的仿古砖、墙面米黄色质感肌理漆，
浓烈的色彩和谐共生在同一个空间。（设计／张虎、杨涛）
①仿古砖
②米黄色乳胶漆

圆形吊顶与休闲圆桌形成呼应，不加修饰的白色墙面配
上特色餐桌椅及吊顶，让餐厅的氛围如此轻松。
（设计／陈禹）
①复合市地板
②白色乳胶漆
③特色瓷砖

餐厅采用对称式设计，厨房推拉门两旁的壁龛均采用蓝
色马赛克衬底，配以木搁板和弧形顶部造型，强化空间
美式田园氛围。（设计／袁静）
①黑蓝色马赛克
②市搁板
③米黄色乳胶漆

阿拉斯加香杉做成的餐桌散发出香味，舒缓了
居住者的身心压力。（设计／黄俊盈）
1 阿拉斯加香杉
2 玻化砖
3 竹制卷帘

红色的云纹装饰画在白色背景墙中显得如此的
活泼、生动。（设计／方峻）
1 明镜乳化图案
2 白色乳胶漆
3 黑檀

乡村风格的壁纸搭配圆拱造型，抹去了中式和
现代的单调沉闷感，体现家居的精致与宁静。
（设计／王帅）
1 仿古砖
1 墙纸
3 乳胶漆

厅和厨房合为一体，通过弱化空间机能的分界，使餐厅的使用更加活泼和贴近生活的本质。
设计／曾耀征、陈建佑）
文化砖
水曲柳
白色乳胶漆

背景墙面上的照片体现了家的温馨，黑色餐桌椅的出现使空间显的沉稳、大气。
（设计／曾耀征、陈建佑）
① 白色乳胶漆
② 玻化砖
③ 照片

餐厅空间采用对称式设计，富有层次感，装饰元素统一。各种材料和元素的运用，既具备原创精神，又强调了东方国度特有的文化气质。（设计／罗正环）
① 假竹子装饰
② 水曲柳染红色

白色的餐椅和干净利落的木饰面墙面诠释了一个明亮、舒适的环境。
（设计／吴咸震）
① 柚市
② 黑铁件
③ 钢化玻璃

餐厅主题墙主要以黑色烤漆玻璃装饰，其与白色墙面形成对比，木纹大理石的加入既可作为搁板使用，又打破了墙面的单调。
（设计／郑勇威）
① 市纹大理石
② 黑色烤漆玻璃
③ 白色乳胶漆

形的门洞，浅暖色的调子配上特色的大幅壁挂，不意中成就了一种休闲、浪漫的氛围。

设计 / 杨大明、王晶

仿古砖

有色乳胶漆

油画

黑白对比的餐椅，风格中性且率性，表达自我爱憎分明的积极意识。（设计 / 吴威震）

1 壁纸

2 玻化砖

3 科技市层板

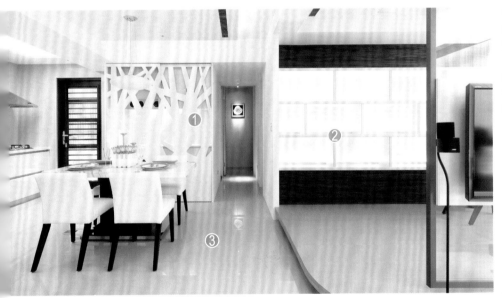

树枝状通透的背景墙用简约的造型，诠释着现代美学的本质和精神。

（设计 / 张德良、殷崇渊）

1 市造型刷白漆

2 白橡市

3 玻化砖

鸡翅木的木雕家具在砖纹墙纸墙面的映衬下很好地把空间带进了戏剧化的历史感，犹如高山流水，意趣盎然。

（设计 / 陈志斌）

1 砖纹墙纸

2 白色乳胶漆

3 古典樱桃饰面板

▶
玫瑰图案的马赛克拼图给白色
简约的餐厅带来些许浪漫的现
代气息。（设计/李增辉）
①马赛克拼花
②玻化砖
③水晶吊灯

▲
白色墙面加上原木的家具，打造了一个具
有大自然气息的家。（设计/三米设计）
①橡市搁板
②白色乳胶漆
③原市家具

▶
黑色的餐桌椅在白色的空间中
显得格外沉稳，为餐厅增加了
肃静、安静的视觉效果。
（设计/李增辉）
①玻化砖
②水曲柳饰面刷白
③钢化玻璃
④雕花玻璃

黑色餐桌椅在此纯白的舞台中成为视觉中心与焦点，备餐台犹如白宣纸上刚毅的笔触，驱散了白色的单调乏味。（设计／李仕鸿、杨培伟）
① 白色乳胶漆
② 玻化砖
③ 市搁板擦色处理

白色与咖啡色的对比，线与面的对比，增加了室内空间的层次感与趣味性。（设计／吴玟灿）
① 玻化砖
② 水曲柳饰面刷白
③ 市皮染色

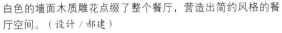

白色的墙面木质雕花点缀了整个餐厅，营造出简约风格的餐厅空间。（设计／郝建）
① 仿古砖
② 高密度板雕刻
③ 白色乳胶漆

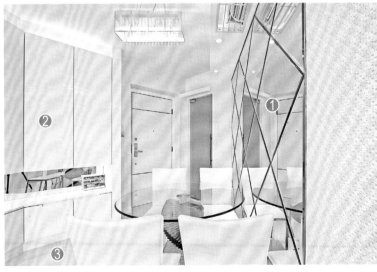

上下形式的储物柜，无压迫感；菱形车边镜面，增加空间感。（设计／郑勇威）
① 镜面菱形车边处理
② 橡市刷白处理
③ 抛光砖

▶

大面积的泰柚吊顶造型，加上
柚木家具和热带植物的点缀，
让空间充满了浓郁东南亚风
情。（设计／窦弋）
① 米黄大理石
② 复合木地板
③ 泰柚

▲

餐厅背墙几何拼接的暖色石材结合黑色镜面和时尚风格的时钟，让人眼睛为之一亮。
（设计／钟晴）
① 黑色镜面
② 米黄大理石
③ 木饰面刷白

▲

由墙面延伸至吊顶的造型和统一的壁纸饰面是餐厅
的亮点，与藤制家具相呼应，让餐厅显得简洁、质朴。
（设计／张礼斌）
① 仿古砖
② 黑胡桃
③ 壁纸

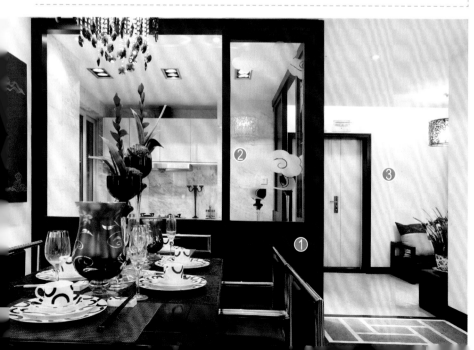

◀

乳化云纹图案的玻璃让餐厅和厨房形成互动。简洁
的中式家具配上带有云纹的餐具，体现餐厅的中式
风格。（设计／方峻）
① 黑檀
② 玻璃乳化图案
③ 白色乳胶漆

餐厅边的人造水池，有荷花的绽放也有鱼儿的嬉戏，一副生气勃勃的景观。

（设计 / 张欢）

① 实市地板

② 马赛克

③ 青砖

大面积留白的墙面有很强的视觉张力，让奢华欧式在空间中轻盈了许多。（设计 / 品川设计）

① 浅啡网大理石

② 市纹大理石

③ 水曲柳饰面刷白

大面积镜面马赛克构成了餐厅背景。置于其中，像来到了曼天星光的世界，一片亮晶晶。（设计 / 熊学飞）

① 密度板雕花

② 镜面玻璃

③ 马赛克

餐厅背景墙上的壁纸与挂画相呼应，黑色的餐桌椅与白色的吧台在视觉上形成反差，活跃了就餐环境。

（设计 / 郭沛沛）

① 玻化砖

② 壁纸

③ 橡市饰面刷白漆

④ 市纹大理石

两幅风景画让纯白的空间活跃起来，随意精致的灯饰让空间增添光影之余，更使整个空间洋溢着惬意、轻快之调。（设计／刘卫军）

① 肌理松饰面板刷白漆
② 水曲柳染色
③ 爵士白大理石

白色的砖墙、手绘墙面、中式风格的红色餐椅，彼此间色彩材质、造型和谐共存，美感的视觉效果使家居具有新古典尚。（设计／王严民）

① 墙砖刷白漆
② 手绘墙
③ 壁纸

原木为边框的镜面背景，在餐厅环境中，从色彩、质感和装饰实用性上完美地诠释了田园的感受。（设计／王正东、周正良）

① 仿古砖
② 镜面
③ 柚市

浅赫色的格调笼罩着整个餐厅，与白色的餐桌椅一起营造出一种温馨细腻的生活品质。中式元素的现代运用赋予空间浓郁的中式气息。（设计／韩松）

① 手工市地板
② 艺术墙纸
③ 装饰鸟笼灯

内敛黑与时尚白的深度演绎，呈现一种质感内敛的空间气度，打造了一个含蓄优雅的时尚格调。
（设计／马健凯）
1 灰色抛光砖
2 黑色烤漆玻璃
3 灰镜

在黑白色调的餐桌椅演绎下，空间呈现一种质感内敛的空间气度、含蓄优雅的时尚格调。
（设计／刘炳文）
1 仿古砖
2 砂岩
3 艺术墙纸

极致素白的餐厅，体现了空间本质的美感。现代经典家居与饰品的点缀，使家鲜活起来，具有内敛生活的空间情境。（设计／王严民）
1 玻化砖
2 工艺玻璃
3 装饰线帘

▶
大面积布艺软包的墙面、简欧风格的家具、碎花壁纸共同打造了一个温馨和谐的欧式餐厅。（设计／陈燕）
①仿古砖
②木造型刷白漆
③软包布艺

▼
带有白桦树的艺术玻璃为背景，增加了空间的通透感，白色基调给人带来前所未有的轻松感。（设计／毛毳）
①仿古砖
②木造型刷白漆
③艺术玻璃

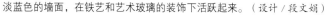

▲
淡蓝色的墙面，在铁艺和艺术玻璃的装饰下活跃起来。（设计／段文娟）
①仿古砖
②浅蓝色乳胶漆
③白色柜窗户

▲
白蓝相配的餐桌椅和餐柜，营造出一种浪漫温情氛围，使人感到十分的自由。（设计／阿峰）
①水曲柳刷白
②仿古砖
③马赛克

①

淡蓝色的墙面，在铁艺和艺术玻璃的装饰下活跃起来。（设计／段文娟）
1 仿古砖
2 蓝色乳胶漆
3 铁艺挂饰

③

黑色线帘和实木框装饰的餐厅主题墙，似隔非隔，使餐厅和客厅形成互动空间。
（设计／许宝云、王文翠）
1 黑色线帘
2 水曲柳实木
3 玻化砖

实木家具与实木的餐柜都增加了餐厅的稳重感，带有风扇的吊灯给空间带来了情趣。
（设计／项帅）
1 仿古砖
2 乳胶漆
3 实木

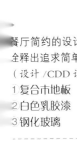

餐厅简约的设计风格，黑白灰的原始色彩全释出追求简单便捷的生活态度。
（设计／CDD 设计团队）
1 复合木地板
2 白色乳胶漆
3 钢化玻璃

▶
餐厅背景以竖线条的黑檀木饰面为主，通过简洁的造型营造出富有生命力和文化内涵的艺术空间。（设计／何华武）
①壁纸
②黑檀市
③仿古砖

▼
艺术墙纸贴饰的主题墙上挂饰三幅不同色调的油画，配以红色备餐柜，中式欧式在这里碰撞，打造典雅餐厅。（设计／朱力）
①艺术墙纸
②油画
③红色备餐柜

▲
无论是原木吊顶的硬装还是到每个角落的软装都涌动东南亚风格的浪漫情趣。（设计／连君曼）
①仿古砖
②有色乳胶漆
③铁艺

▲
白色的主调搭配深色的餐桌椅，让空间层次更自然、舒适；绿色植物为空间带来了大自然的气息。（设计／巫小伟）
①镜面玻璃
②白色乳胶漆
③市饰面刷白

◄

茶镜在灯光的巧妙配置下，拉伸了白色空间的层次。
（设计 / 虞国纶）
① 亚光砖
② 白色乳胶漆
③ 茶色玻璃

镜天花，通透、明亮拉伸了视觉空间。黑色装饰画的点缀，使色对比强烈，获得良好视觉效果。（设计 / 李仕鸿）
白橡木
茶镜
亚光砖

▲

拱形门洞、木梁吊顶、卵石墙面、铁艺灯具、温暖的色彩，打造了餐厅阳光明朗的气质和温润醇厚的沉淀感。（设计 / 周闻）
① 仿古砖
② 杉木板
③ 白色乳胶漆

▲

木饰面餐厅背景同时包含了隐形门，整合了墙面；石材吧台与木纹以丰富的材质及光影的变化来延续观赏的喜悦。（设计 / 陈建佑、曾耀征）
① 挂画
② 木饰面
③ 大理石

▶
大面积的洞石铺地控制着整体温暖淡雅的色调，配上洁白的餐桌椅，创造出一个富有层次的温馨空间。（设计／凌奔）
①市纹洞石
②墙纸
③市饰面

▲
简洁的造型，同色系的家具与木饰面遥相呼应，使整个空间弥漫着一股静谧的氛围。
（设计／许宏彰）
①玻化砖
②特色吊灯
③秋香市

▲
餐厅背景一幅装饰画，为简洁怀旧的空间增添了时尚活跃的气氛。
（设计／王小峰、王赟）
①市线板刷白漆
②市纹砖
③艺市挂画

▶
黑镜吊顶，拉高了纵向空间，黑色与白色形成鲜明对比，打造了时尚餐厅。
（设计／马健凯）
①雅士白大理石
②黑镜
③白色乳胶漆

▲

餐厅背景和吊顶上卷云造型的通花与茶镜有机结合，
有如一曲华丽的爵士圆舞曲，悠扬沉稳。
（设计／肖为民）
①墙纸
②实市地板
③茶镜雕花

▼

黑白色调的餐桌椅、墙面和吊顶一气呵成的造型均在
展现一个时尚、现代的餐厅。（设计／周闯）
①玻化砖
②镜面玻璃
③壁纸

饰面餐厅背景同时包含了隐形门，整合了墙面；丰富的材质及光影的变化丰富了空间层
与内容。（设计／陈建佑、曾耀征）
玻化砖
卡饰面
大理石

精品柜为餐厅背景墙，既实用又美观，不同的暖色调构成的纸醉金迷的钛金色调，展示时尚气息。（设计／周桐）
① 玻化砖
② 茶镜
③ 水曲柳饰面刷白

生态板和镜面组成的背景墙，使整个空间简洁、大气，正"八"造型的灯具渲染了空间的氛围。（设计／陈龙）
① 玻化砖
② 生态长城板
③ 钢化玻璃

铁艺通透屏风下隐约出现的新潮色彩的壁纸，打造出独具风情的居家空间。（设计／吴启民）
① 铁艺
② 实市地板
③ 壁纸

蓝色百叶卷帘与棕色墙砖形成色彩和材质对比，配以条纹墙纸，打造富有质感的餐厅主题墙。（设计／郑葳）
① 百叶帘
② 墙砖
③ 条纹墙纸

浅土黄色的肌理漆墙面使整个空间呈现出本色大方的美感。线条柔美且修边浑圆的木质家具搭配华丽的欧式吊灯，形成别有情调的组合。（设计／潘冬东）

1 仿古砖
2 蓝色瓷片
3 肌理漆

白色与咖啡色的对比增加了空间的层次感，错落有致的吊灯为就餐环境带来了乐趣。（设计／郭宗翰）

1 石材
2 铁刀木
3 白色乳胶漆

深色木饰面背景墙，红色花的点缀，营造了"禅"意，令人心境平和。（设计／蔡远波）

1 仿古砖
2 白色乳胶漆
3 炭木

冷色与暖色的对比，活跃了空间；铁艺吊灯，既实用又美观。（设计／夏劲松）

1 复合木地板
2 粉红色乳胶漆
3 杉木板刷白漆

▶
实木堆积形成的通透的屏风与花梨木的餐桌共同打造了一个休闲风趣的环境。(设计/王东生)
① 仿古砖
② 实市
③ 特色吊灯

▶
抢眼的蓝色餐椅、璀璨的水晶吊灯、白镜饰面的柜门与白色基调形成强烈对比，在视觉上强化了新古典的精致印象。(设计/虞国纶)
① 复合市地板
② 市线板刷白漆
③ 镜面

▼
绿色和黄色为基调，利用色彩营造出时尚的空间感，比如镜面、局部墙纸、特色高柜的选择搭配。(设计/陈华)
① 灰镜
② 艺术墙纸
③ 米黄色乳胶漆

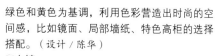

▶
淡蓝色的墙面、拱形的门的造型、原木色家具都散发出地中海的气息。
(设计/李海明)
① 布卷帘
② 人造大理石
③ 黄色乳胶漆

以树叶为造型的古铜铁艺屏风为背景，搭配蓝色的马赛克墙面，营造了自然、和谐、低调氛围。（设计／夏劲松）

1 马赛克
2 复合市地板
3 古铜铁艺

蓝色的点缀给白色的餐厅带来宁静致远的味道和诗意栖息的感觉。（设计／肖为民）

1 仿古砖
2 水曲柳饰面
3 市造型刷蓝色漆

背景墙壁纸上盛开的大朵大朵的茶花，使安宁的气氛流露出些许华丽；点缀其中的绿色植物为生活带来勃勃生机。（设计／侯志杰）

1 壁纸
2 仿古砖
3 乳胶漆

竖木线条夹杂的大片双面磨砂玻璃，既可以当留言板，也可以作为孩子的画板。

设计／黄建华、黄建伟）
亚光砖
白色乳胶漆
胡桃市

▶

餐厅背景用大面积的白色调来塑造高雅的氛围，造型简洁的美式家具让餐厅多了几分韵味。（设计／吴启民）
①玻化砖
②市柜刷白漆
③玻璃

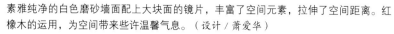

▲

素雅纯净的白色磨砂墙面配上大块面的镜片，丰富了空间元素，拉伸了空间距离。红橡木的运用，为空间带来些许温馨气息。（设计／萧爱华）
①橡市
②磨砂玻璃
③镜面玻璃

▲

餐厅背景以烤漆玻璃饰面，简化的线条，错落的灯光带出层次的美感。（设计／张馨）
①市角线刷白漆
②有色乳胶漆
③烤漆玻璃

◀

黑色餐椅成为素色餐厅环境中的亮点。（设计／陈建佑、曾耀征）
①白色乳胶漆
②白橡市饰面
③磨砂玻璃

艺术玻璃造型的推拉门丰富了背景墙面，深色的餐桌椅让空间变得稳重。（设计／李仕鸿）
①米黄石材
②水曲柳饰面板
③黑镜

餐厅背景用暗色壁纸和白色的抽象画形成视觉反差，一深一浅，将空间的元素堆积得富有韵律。（设计／杨焕生）
1 壁纸
2 玻化砖
3 布饰面

黑白色调的马赛克从墙面一直延伸至吊顶，营造了时尚的空间氛围。
（设计／王五平）
①金属马赛克
②玻化砖
③米黄石材

▶ 横竖排列的胡桃木条富有韵律感，使空间显得沉稳大方。中间镶嵌的磨砂玻璃与木质、石材形成质感对比。（设计／黄建华、黄建伟）
① 胡桃木
② 雅士白大理石
③ 磨砂玻璃

▲ 蓝色背景墙面上几只白色的蝴蝶，栩栩如生，把大自然的气息带到了室内。（设计／黄嵩宪、陈欣怀）
① 复合木地板
② 蓝色乳胶漆
③ 水曲柳饰面刷白

▼ 通透的餐厅背景，淡淡的黄色墙面让餐厅倍显温馨。（设计／大铭）
① 米黄石材
② 乳胶漆
③ 金镜

▼ 镶嵌着黑镜的白色墙面与黑白配的餐桌椅相呼应，仿佛在低声细语。（设计／周建志）
① 仿古砖
② 黑镜
③ 白色乳胶漆

回形金钱纹运用浮雕手法铺满了整面餐厅的背景墙，显示出传统中国的建筑"符号"。（设计／霍承显）
1 密度板雕花
2 实木地板
3 白色乳胶漆

特色的镜面造型装饰着餐厅背景墙，使餐厅变得明亮通透，富有特色。
（设计／王哲敏）
1 亚光砖
2 壁纸
3 镜面

镜面相框以不同的几何造型装饰着餐厅背景墙，黑色的餐桌椅在华丽的吊灯笼罩下更显稳重。（设计／王哲敏）
1 玻化砖
2 有色乳胶漆
3 茶镜挂饰

▶
大块面的墙面铺装和简洁的家具陈设，挖掘建筑自身的魅力。（设计／琚宾）

① 艺术肌理漆
② 特色吊灯
③ 西班牙米黄大理石

▼
棕色、咖啡色和黄色三种色调和谐融合，再配上古色古香的国画使整个空间充盈着书香气质。（设计／万象艺术设计）

① 壁纸
② 白色乳胶漆
③ 桃花芯市

▲
餐厅主题墙采用对称式设计，白色木线板与橙黄色墙面色彩上形成鲜明的对比，营造现代式气息。另一墙面采用菱形车边镜面贴饰，强化欧式气息的同时延伸了餐厅的视觉空间。（设计／袁静）

① 车边银镜
② 橙黄色乳胶漆
③ 白色市线

▶
大幅荷花的装饰画加上茶镜覆盖了餐厅的背景墙面，亮丽的黄色演绎着"很中国"的荷花浪漫。（设计／陈骏）

① 茶镜
② 茶镜雕花
③ 荷花图案挂画

过餐厅背景墙面上的镜子可以看到房间的一切，就餐也是一享受。（设计 / 连君曼）

水泥漆
镜面玻璃
马赛克

黑色的地面、白色的墙面带来了强烈的视觉冲击感，让空间显的刚劲、理性。
（设计 / 李正宇）
1 意大利鳄鱼皮地砖
2 砖墙
3 白色乳胶漆

淡蓝色的墙面，配上碎花的桌布和坐垫，让空间多了几分浪漫的气息。
（设计 / 刘萨娜）
1 复合市地板
2 浅蓝色乳胶漆
3 铁艺架

黄绿色的墙面配上绿色植物和原木色家具，给空间带来清新、自然的气息。
（设计 / 郑勇成）
1 橡市地板
2 白色乳胶漆
3 黄绿色乳胶漆

▼
背景墙面的黑镜造型，让餐厅充满了强烈的视觉冲击感，营造了另类时尚的就餐氛围。（设计／沈志忠）
① 烤漆玻璃
② 白色乳胶漆
③ 不锈钢

▲
黄色的墙面和蓝色的地面形成色彩的冷暖对比，让空间变的优雅而且曼妙。（设计／悠然假期）
① 仿古砖
② 马赛克
③ 水曲柳面板

◄
深红色墙面与榆木电视柜协调搭配，同时也与实木餐桌相互呼应，带来浪漫的田园气息。（设计／许宏桧彰）
① 榆市
② 红色乳胶漆
③ 白色乳胶漆

▶
背景墙面和天花及餐椅都运用了规则的八边形造型，让空间更加整体。
（设计／黄书恒）
① 市雕花刷白漆
② 爵士白大理石
③ 茶镜

桌选用黑白根大理石台面配搭玲珑镂空花图纹的不锈钢脚，即尚又能体现后现代的古典美。（设计／庄锦星）

水晶吊灯

水曲柳饰面刷白

密度板雕花

红的软包背景墙面为餐厅空间平添了许多妖娆的妩媚。（设计／庄锦星）

① 密度板雕花

② 软包

③ 马赛克

餐厅采用开放式设计，使客厅和餐厅融为一体，空间更加开阔。充分利用楼梯旁边空间，打造为高低柜。（设计／黄铃芳）

① 黑玻化砖

② 黑白色乳胶漆

③ 黑水曲柳刷白漆

▶

不锈钢和灰镜以多变的几何造型点缀着整个白色的背景墙面。通过光线的反射，使整个空间光线充足。
（设计／李仕鸿）
① 抛光砖
② 不锈钢搁板
③ 灰镜

▼

黄色矮墙和钢化玻璃打造了一个时尚、通透富有色彩的餐厅背景墙。（设计／黄铃芳）
① 亚光砖
② 白色乳胶漆
③ 钢化玻璃

▶

木纹砖拼贴的墙面，使整个空间显得宽敞大气，水晶吊灯、餐桌面、地面的色调协调统一，打造整体大气的餐厅。（设计／陈温斌）
① 啡网纹大理石啡
② 木纹砖
③ 镜面玻璃